KB070933

춘설春雪

책 만 드 는 집 시인선105

춘설春雪

오세영 시조집

책만드는집

나는 우리 시조시단의 창작 경향을 잘 모른다. 어떤 이슈를 어떤 방식으로 쓰는지를 모른다. 그저 내 자신 쓰고 싶은 시조를 내 멋대로 쓸 뿐이다. 그러니 그것은—내가 일생 동안 그래왔듯—내 자유시의 창작 태도와도 같다고 하겠다. 다르다면 전자의 경우에는 모르면서, 후자의 경우에는 알면서도 하는 일이라는 것뿐이다. 그러므로 설령 현하 우리 시조시단의 생태를 잘 안다 하더라도 나는 그들이 가는 길을 좇아 따라가지는 않았을 것이다.

시조는 정형시이다. 그러므로 그 형식과 율격이 본질이며 생명이다. 나는 지금까지 시조 창작에서 가능한 한 엄격한 형식과 율격을 지키려고 노력해왔다. 자유시를 쓰는 내가 시에서 정형을 깨려 한다면 무엇 때문에 굳이 시조를 쓰겠는가. 일언이폐지하고 부분적으로든 전체적으로든 일단 정형으로부터 벗어난 모든 시는 자유시형이랄 수밖에 없는 것을……

시조는 민족문학이 우리에게 유산으로 물려준 단 하나의 정형시형이다. 그러니 그 정형을 소중히 받들어 지켜야 하지 않겠는가?

－2017년 겨울
안성의 농산재聾山齋에서
오세영

| 차례 |

4 • 시인의 말

1부

13 • 봄날
14 • 해빙 1
15 • 은하
16 • 월식
17 • 새해 첫날
18 • 햇빛 공양
19 • 무지개
20 • 춘곤
21 • 봄비
22 • 해빙 2
23 • 백화제방
24 • 동행
25 • 쓰이지 않은 시
26 • 슬픔
27 • 교실에서
28 • 지구 홍보
29 • 꽃밭
30 • 적요

2부

33 • 꽃잎

34 • 이별

35 • 가을비 1

36 • 가을비 2

37 • 춘설

38 • 첫사랑

39 • 기다림

40 • 봄이 오는

41 • 여자가 되는

42 • 시인

43 • 아름답다는 말

44 • 여자 1

45 • 여자 2

46 • 동백꽃

47 • 불면

48 • 모란

49 • 상강

50 • 만찬

3부

53 • 논개

54 • 서하초등학교 벚꽃

55 • 숭례문

56 • 안성에 집을 짓고

57 • 설악산

58 • 광한루

59 • 송강정

60 • 섬진강

61 • 정방폭포

62 • 영광

63 • 장성

65 • 광주

66 • 전주

67 • 대전

68 • 이어도

69 • 마령 지나며

70 • 철암역에서

71 • 백담계곡에서

4부

75 • 장도

76 • 허공

77 • 봉변

78 • 어떤 권력에게

79 • 좌로 갈까 우로 갈까

80 • 환상

81 • 나목

82 • 중용

83 • 예금통장

84 • 송죽

85 • 모래

86 • 흙

87 • 당신만이

88 • 옥고

89 • 시작

90 • 장미

91 • 복수

92 • 역할

1부

봄날

사립문 열어둔 채 주인은 어디 갔나.
산기슭 외딴 마을 텅 빈 오두막집,
널어논 흰 빨래들만 봄 햇살을 즐긴다.

추위 물러가자 주인은 마실 가고
벚나무 한 그루가 덩그러니 꽃 폈는데
뒷산의 멧비둘기 울음만 마당 가득 쌓인다.

해빙解氷 1

가부좌 오랜 명상, 침묵 속의 깨우침이
굳어 있던 얼음장을 쩽 햇살로 드는 순간,
초서체 일필휘지로 내달리는 봄 강물.

은하

태양 독재 저항해서 군중집회 벌인 걸까.
한동안 드리웠던 먹구름이 좍 걷히자
밤하늘 운집한 별들로 만세 소리 요란하다.

월식

우주가 극장이면 지구는 한 큰 무대.
3막극 제1막이 서서히 불 꺼지자
별들의 박수 소리만 객석에서 점멸한다.

새해 첫날

온 세상 눈이 내려 하이얀 지면 紙面이다.
1월은 캔버스에 밑그림을 그리는 달,
윤곽은 잘 잡혔을까? 너와 나의 인연도.

정갈한 손을 들어 붓으로 물감 푼다.
이곳은 초록색을, 저곳은 빨간색을,
색상도 조화로워야 한다. 너와 나의 애증도.

햇빛 공양

겨울 가고 얼음 풀려 계곡에 물 흐르고
산과 들은 푸른 새싹 한세상을 만났다만
감옥이 따로 없구나. 온실 속에 갇힌 봄.

무슨 죄를 지었기에 이처럼 격리됐나?
만세 만세 백화난만百花爛漫 온 천지가 해방군데
창살 틈 얼굴을 내미는 핏기 없는 저 꽃들.

무지개

무더운 여름 오후 마파람 건듯 불어
한줄기 소나기가 시원하게 내리더니
동산엔 쌍무지개가 둥두렷이 떠오른다.

티 없이 맑고 푸른 하늘 끝 가장자리
그 누가 걸어놨나 눈부신 빨래 한 벌
남끝동 색동저고리다. 직녀 것이 분명쿠나.

춘곤 春困

자운영 꽃밭에선 황소가 하품하고
갯버들 논둑에는 염소 떼 조우는데
실개천 시린 물소리만 낭랑하게 들리는 봄.

봄비

강물도 머리 풀면 바람처럼 흩날린다.
하늘로 올라 올라 은하로 흐르는 강.
봄 뜰에 내리는 실비 그 물보라 아닐지.

해빙 2

때로는 꼿꼿하게, 때로는 흔들리며
화선지를 물들이는 정적 속의 묵필 하나.
쌓인 눈 풀리는 강물이 시 한 수를 읊는다.

백화제방 百花齊放

갈색의 테러도 속절없이 사라졌다.
백색의 파시즘*도 허망하게 무너졌다.
독재와 당당히 싸워 혁명처럼 오는 봄.

오랜 침묵 끝에 떨치고 일어나서
진달래는 붉은 웃음, 개나리는 노란 울음,
오온 산 감격에 겨워 함성 소리 요란타.

*《현대시》1993년 6월호에 발표한 자유시 「혁명」에서 필자가 최초로
'강설降雪'에 빗대어 썼던 수사어.

동행

파아란 하늘만이 하늘은 아니다.
눈 들어 우러르는 가지 끝 까치에게
살며시 문 열어주는 그 노을빛 저녁 하늘.

잔잔한 호수만이 호수는 아니다.
별들이 내려와서 백조와 몸 섞으며
수면에 파문을 짓는 그 갈맷빛 새벽 호수.

쓰이지 않은 시

팔랑팔랑 날리는 저것은 담쟁이 잎.
바르르 떨어지는 저것은 감나무 잎.
터얼썩 쓰러져 눕는 저 저것은 오동잎.

그 어떤 희극에도 눈물이 젖어 있듯
온 세상 비극에는 웃음이 녹아 있다.
희비극 두 귀를 열고 가을밤을 지샌다.

슬픔

오염된 하늘을 소나기가 씻겨주듯,
흐려진 눈동자를 눈물이 훔쳐주듯,
마음도 슬픔이 닦아야 보석처럼 빛난다.

교실에서

어디서 뛰놀다가 쪼르르 달려왔나?
이마를 불 밝히는 밤하늘의 별 무리
그 누가 왜 불렀는지 깔깔대며 웃는다.

어디다 정신 팔다 갑자기 깨어났나?
두 눈을 부시게 한 저 황홀한 꽃 무리,
그 누가 왜 불렀는지 "나요", "나요" 손을 든다.

❖ 이 작품은 1987년 1월 《금호문화 錦湖文化》에 실린 자유시 「봄꽃자리」를 시조로 개작한 것이다.

지구 홍보

비 그치자 떠오르는 언덕 너머 무지개
지평선 끝자락을 황홀하게 물들인다.
하늘 길 번잡한 거리의 상품 홍보 네온사인.

꽃밭

지층에 심지 꽂고 용암을 빨아들여
환하게 타오르는 배롱꽃을 보았다.
그 어찌 배롱꽃뿐이랴. 모든 꽃이 그런 것을.

인생길이 어둡다. 막막하다 하지 마라.
가로등, 보안등, 조명등, 신호등……
깜깜한 이 거친 세상을 등대처럼 밝히는 꽃.

적요

양지바른 토방 아래 고즈넉한 개밥그릇,
참새 몇 마리가 제 먹이인 양 쪼으는데
흰둥이 싫은 내색 없이 바라만 보고 있다.

어미 참새 한 알 집어 제 새끼 먹여주고
갓 태어난 강아지들 쌔근쌔근 잠자는데
봄 햇살 나른한 꽃밭에선 새싹들만 수다 떤다.

2부

꽃잎

이른 봄 깊은 산사 적막한 목탁 소리.
산새 홀로 드나드는 반나마 열린 법당
눈 파란 비구니 하나 꿇어앉아 울고 있다.

댓돌에는 새하얀 고무신이 한 켤렌데
어디선지 호르르르 꽃잎들이 날아와서
홍매화 여린 잎 하나가 나비처럼 앉는다.

이별

떠난다는 네 말 듣고 공연히 서성댄다.
난분蘭盆에 물을 주고 밀쳐둔 책 펼쳐 들고
울 밑의 시든 작약처럼 온 하루를 보낸다.

너 없는 빈자리에 마음 하도 심란하여
눈 들어 먼 하늘의 흰 구름을 바라보니
늦가을 성긴 빗방울만 유리창을 때린다.

가을비 1

흔드는 그의 손에 우수수 지는 낙엽.
바래는 나의 눈에 흩뿌리는 늦가을 비.
떠나는 북행 열차가 밤 기적에 젖는다.

가을비 2

코스모스 가냘픈 바이올린 고음 소리.
방울꽃 체임벌린, 해바라기 베이스 음.
담쟁이 피아노 치고 구절초는 첼로 켠다.

가을밤에 내리는 빗소리를 들어보라.
타악기, 관현악기 울리는 두두물물 頭頭物物.
우주는 신이 지휘하는 교향악 대연주다.

춘설 春雪

"헤어지자", 내민 손을 차마 잡지 못하고서
고개 돌려 흐린 하늘 글썽이며 바라보니,
춘설이 난분분하여 낙화인 듯싶구나.

첫사랑

추위 가고 얼음 풀려 햇빛이 따뜻해서
오래 닫힌 들창문을 반나마 열어보니
어느새 매화 한 그루가 꽃망울을 터트렸다.

무심한 마음이 더없는 평안인데
봄은 왜 심술궂게 울안까지 넘보는지
가슴에 도둑이 들까 온 하루를 두근두근.

기다림

봄비에 얼음 풀려 물소리 낭랑한데
애처롭게 몸이 젖는 봄 산을 보아라.
가슴에 벙그는 그 초록을 안고 홀로 어찌 사나?

사무치는 그리움을 철쭉이라 부르다가,
타오르는 그 불길을 진달래라 부르다가,
와르르, 기다림에 지쳐 무너지는 산사태.

봄이 오는

'처녀'라 불러주어 처녀가 되는 처녀.
'사내'라 불러주어 사내가 되는 사내.
누군가 잊힌 이름을 불러주어 봄이다.

따뜻한 햇볕이 깨워주는 앞산 나무.
무너지는 산사태가 깨워주는 뒷산 절벽.
누군가 깊이 든 잠을 깨워주어 봄이다.

흰 구름이 그리운 강바닥의 돌멩이.
햇빛이 그리운 음지의 여린 새싹.
봄이란 그리운 사람을 그리워해 봄이다.*

* 서정주의 「푸르른 날」의 한 구절에서 차용.

여자가 되는

10대의 백합 향기, 20대의 리라 향기,
30대의 장미 향기, 40대의 동백 향기,
비로소, 여자가 되는 50대 그 국화 향.

시인

멀리 있어 아름다운, 멀리 있어 슬퍼지는,
멀리 있어 응답 없는 그것이 하늘의 별.
세상엔 실성한 자도 있네, 별에게도 편질 쓰는.

아름답다는 말

박토에 떨어져서 말라 죽지 않으려고,
새들에게 먹히는 새싹 되지 않으려고
얼마나 고통스럽게 제 운명을 견뎠으랴.

무거운 흙더미를 헤집고 나오려고,
무지한 구둣발에 짓밟히지 않으려고
얼마나 가혹한 세월을 또 남모르게 살았으랴.

그리하여 장미꽃엔 가시가 달렸나니
함부로 '아름답다' 감탄하지 말지라.
아픔을 사랑하는 자만이 할 수 있는 그 말이다.

여자1

내 인생 처음 쳤던 초등학교 면접고사
어머니가 꼭 껴안고 가르치신 그 말씀
"단기檀紀로 너 태어난 해는 4281년."

미상불 닥쳐올 마지막 졸업시험.
아빠, 일생 일한 중에 보람된 게 뭐야?
이제는 어두운 두 눈, 딸 의지해 쳐야 한다.

여자 2

여자들은 밤마다 물을 길어 올린다.
이마의 눈물샘과 가슴의 부푼 젖샘,
두 능선 계곡 틈에서 솟아나는 옹달샘.

그 물로 여자들은 남자들을 기른다.
때로는 한숨으로, 때로는 기쁨으로
한 생을 충만케 해주는 신비스런 그 샘물.

동백꽃

기다림도 병이런가, 날마다 여위는 몸.
엄동설한 긴긴밤을 눈물로 지새우다
이 아침 하얀 눈밭에 울컥 쏟는 붉은 피.

불면 不眠

피어나는 산안개로 면사포를 대신한 채
달빛도 숲과 함께 신방을 차리는 밤.
얄궂다. 이를 엿보며 뒤척이는 이 있구나.

모란

지난밤 땅에 내린 별과 몸을 섞었나.
시든 잎새 위엔 이슬이 맺혀 있다.
애닮다. 이별이 서러워 눈자위가 붉구나.

상강 霜降

갑자기 늙어 뵈는 다정했던 옛 친구.

돌아와 거울 보니 그 바로 내 자태다.

잎이 진 자작 한 그루가 스산하게 서 있다.

만찬

따뜻한 벽난로 옆 식탁에 마주 앉아
보리빵을 뜯고 있는 부부의 늦은 만찬
사기컵, 유리잔들이 보석처럼 반짝인다.

창밖은 눈보라, 추위가 몰아쳐도
흐린 램프 아랜 평화스런 두 얼굴
은쟁반 포크에 부딪쳐 실로폰 소릴 낸다.

3부

논개

진주晉州 남강南江 촉석루矗石樓에 휘영청 달이 뜨면
물 위에 어려오는 곱고 미쁜 얼굴 하나,
수백 년 세월이 가도 그 자태 예대로다.

나라 없이 사랑 없고 사랑 없이 나라 없다.
조국이 부르는데 여자라고 주저하리.
님 좇아 바친 그 넋이 만고에 푸르고녀.

서하西下초등학교 벚꽃

경상남도 함양군 서하면 서하초교,
교정엔 수양벚꽃 세 그루가 서 있어
봄마다 화려 장엄한 꽃 대궐을 짓는다.

완성된 집 집들이는 그들만의 동네잔치.
그래서 꽃 소식이 궁금한 외지인은
섬진강 은어 떼에게 그 날짜를 묻는다.

✦ 서하초등학교 정문 옆 교정에는 수십 년 된 수양벚꽃 세 그루가 있어
봄이 되면 그 어디에도 비견할 수 없는 절경을 이룬다.

숭례문

고운 님 섬기는데 날과 달이 어딨으며
미쁜 님 모시는데 봄가을을 가릴쏘냐.
의롭게 한자리로 지켜 일편단심 가없다.

추녀 끝에 어리는 만고萬古의 호국 기상.
두리기둥 변함없는 만인의 충군절의忠君節義.
국난이 일어날 때마다 앞장서서 싸웠거니.

안성에 집을 짓고

새 집 짓고 횅한 집터 숲으로 가리려고
산목련, 배롱나무 두세 그루 심었더니,
첫 겨울 넘기지 못하고 모두 말라 죽었다.

햇빛 자리, 바람 터 고려 않고 심은 나무,
지나친 욕심으로 무턱대고 뿌린 비료.
순명順命을 거슬렀으니 어찌 살길 바라랴.

◆ 2010년 필자는 경기도 안성安城에 조그마한 오두막 한 채를 지었다.

설악산

오르면서 보는 외양, 내리면서 느낀 속뜻,
흐린 날 갠 날이 경치 전혀 다른 것을,
그 누가 알았다 하리, 설악산의 참모습.

나 홀로 탐한 흥취, 님과 함께 나눈 풍류,
기쁜 날 슬픈 날이 각기 다른 얼굴인데
설악산, 설악산이라니 참설악은 뉘기요?

광한루 廣寒樓

월궁月宮의 광한전廣寒殿이 지상에도 있단 말가.
흐르는 요천蓼川 물이 은하수로 반짝인다.
오작교 거니는 저 여인도 항아일시 분명하다.

하늘의 칠석날이 땅에서는 단오인가.
천상의 견우 직녀 이생의 만남인 듯
춘향과 몽룡의 사랑이 애틋하고 아름답다.

송강정 松江亭

푸르른 노송, 참대 우거진 언덕 위에
옛 시선詩仙 우러르는 정자 하나 서 있나니
무등*의 정기가 서린 송강정이 그로다.

바로 앞엔 증암천甑岩川이, 그 너머엔 죽록竹綠 들판.
시심詩心은 강물 같고 정치는 황야 같다.
큰 시인 살다 간 족적에 천년 감회 새롭구나.

* 무등산無等山.

섬진강

섬진강 맑은 물에 봄달이 떠오르면
그동안 마실 갔던 은어 떼가 돌아와서
매화꽃 향기에 취해 밤새도록 뒤척인다.

정방 正房 폭포

은하의 물고기들 이 세상이 부러웠나.
장난삼아 하늘에 무지개를 걸치더니.
쪼르르 미끄럼 타고 내려 밤바다의 별로 뜬다.

영광 靈光

일찍이 마라난타 摩羅難陀 불법佛法을 여신 곳이
이제는 원불교의 대종사大宗師를 내시었네.
영광은 문자 그대로 신령스런 빛의 땅.

노령蘆嶺이 치닫다가 바다를 포옹해서
산과 물이 하나 되어 태극을 이루신 곳.
누군들 깨치지 않으랴. 불갑사佛甲寺 범종 소리.

♦ 필자는 영광군 묘량면 친가에서 태어나 이곳에서 100일을 보냈더니라.

62

장성長城

노령에서 발원하여 입암笠巖, 병풍屛風 휘돌아
성산聖山, 월평月坪 화룡장터 흐르는 강이 있다.
수천 년 의기義氣를 품은 도도한 강이 있다.

왜구에 붙잡힌 팔 은장도로 잘라내고
더럽혔다, 스스로 강물에 몸을 던진
기奇 부인 만고정절萬古貞節을 감싸 안고 도는 강.

황룡강黃龍江 젖은 물이 어디 호남뿐이랴.
하서河西의 문향文香이 고절하게 어리신 곳,
일비장一臂葬* 모신 강가엔 유독 잔디가 푸르다.

* 장성군 황룡면 맥동麥洞마을(지금 하서를 배향한 필암서원筆巖書院이 있는 곳)의 문정공文正公 하서 김인후金麟厚의 손자 김남중金南重의 처는 황룡강 건너 너브실이라는 고을에 사는 고봉高峰 기대승奇大升의 따님 기씨였다. 정유재란이 나자 김남중은 출정을 했는데 그해 1월 순천으로 상륙한 왜구들이 이곳까지 침범을 하니 기씨 부인은 두 자식과 함께 피난을 가던 중 그만 왜구를 만나 팔을 붙잡히게 되었고, 이에 기씨 부인은 도적에게 몸을 더럽혔다 하여 자신의 팔을 은장도로 잘라 베어 황룡강에 던진 후 그만 물에 뛰어들어 자결하고 말았다. 후일 전쟁이 끝나자 사람들은 그 정절을 기리기 위해 그녀의 베어버린 팔을 찾아 고이 선산에 묘를 썼으니 일컬어 일비장이라고 한다.

♦ 필자는 태어나 100일을 영광의 친가에서 보내고 외가로 돌아와 외가의 선대를 모신 장성의 필암서원 근처에서 월평초등학교 3년까지 유년기를 보냈더니라.

광주 光州

아름다운 빛고을이 어느 한때 빛을 잃고
좌로 간다 우로 간다. 이념 갈등 많았다만
광주는 민족을 대통합하는 화해의 꽃을 피웠다.

무등無等*의 계승인가. 만민평등 인권사상.
전남평야 유전遺傳인가. 인류평화 자유사상.
광주는 미움도 사랑도 한가지로 이뤄냈다.

무등에서 흘러내린 광주천光州川을 보아라.
추월秋月**에서 발원하는 극락강極樂江을 보아라.
좌우가 한 몸이 되어 영산榮山 큰 강 되는 것을.

* 무등산.
** 추월산.
✦ 필자는 한국전쟁 기간, 국군의 파르티잔 토벌을 피해 거처를 광주로
옮기고 수창초등학교에서 4, 5학년을 수학했더니라.

전주 全州

앞으로는 일망무제一望無際 만경평야萬頃平野 펼쳐 있고
뒤편으론 노령진맥蘆嶺鎭脈 감싸 안고 지키나니
여기가 호남 제일의 성湖南第一城 비사벌이 아니더냐.

경기전慶基殿 참배하며 민족혼을 다짐하고
오목대梧木臺 우뚝 올라 국난을 되새긴다.
풍남문豊南門 인정人定 소리가 너나없이 성스럽다.

♦ 필자는 광주에서 전주로 이사를 해 완산초등학교 졸업반 1년과 중고
등학교(신흥중고등학교) 6년, 도합 7년의 청소년기를 전주에서 보냈더
니라.

대전 大田

경부선 호남선이 상교 相交하며 지나치니
옛 한밭 수십 호가 백만인총 百萬人叢 되었구나.
물류의 사통팔달이 대도시를 만들었다.

사람들 사이에도 벽이 있다 하더라만
마음의 문을 열고 격의 없이 소통하면
이 세상 풀 수 없는 숙제가 어딘들 또 있겠느냐.

♦ 필자는 32세(1974)부터 7년간 대전의 충남대학교에서 교수로 봉직
하였더니라.

이어도 離於島

여자는 가물가물 물빛 푸른 바다다.
싱싱한 생선 냄새, 향긋한 해초 냄새
머리칼 곱슬곱슬한 파도조차 잔잔하다.

전복은 어디 있나 들락날락 물질하다
여자의 배 위에서 기진하는 수평선.
정신을 차리고 보니 이어도가 여기다.

마령馬靈 지나며

텅 빈 폐교 운동장에 햇빛 잠시 놀고 간 후
쑥부쟁이 달맞이꽃 함쑥 키가 자랐구나.
세상사 배워야 할 도리 어찌 인간뿐이랴.

철암鐵巖역에서

산촌의 간이역을 쉬어 갈 듯 지나치는
급행열차 주행속도 자랑만 하지 마라.
노변의 코스모스꽃들이 놀다 가자 하지 않니?

백담百潭계곡에서

등반길이 순례巡禮러니 겨울 산이 부처다.
어디선가 들려오는 목탁 소리, 독경 소리.
돌돌돌 계곡물 흐르는 얼음장 밑 물소리.

눈 내리는 저녁 숲은 적막하기 한없는데
선방禪房 어디선가 죽비 소리 할!
우두둑! 가지 부러지는 설해목雪害木의 그 경기驚氣.

4부

장도 壯途

어젯밤 내린 폭우 무슨 갈 길 그리 바빠
산사태를 일으켜서 천년 노송 쓸어 갔나.
강물도 휘돌아야만 먼 대양에 닿는 것을.

허공

지상에 뿌린 씨앗 가을에 수확하듯
실없이 던진 말이 설화舌禍로 돌아오네.
허공은 말들의 텃밭, 휴경休耕이란 없느니.

봉변

삶이란 횡단보도 위험한 길 건너기.
파란불 켜졌다고 안심해서 걷지 마라.
신호등 안중에도 없는 과속 차도 많느니.

어떤 권력에게

화안한 햇살 아래 초췌한 낮달 하나,
너로 인해 어젯밤은 아쉰 대로 밝았다만
나서고 물러설 때를 몰라 천덕꾼이 되었구나.

좌로 갈까 우로 갈까

폭풍우 몰아치는 숲 속을 보아라.

칠흑 같은 밤바다에 한차례 부는 강풍, 대숲은 큰 파도로 밀려오고 밀려가고 떡갈나무 느릅나무 흰 이빨을 드러낸 채 으르렁으르렁 물어뜯고 달려든다. 산간의 초옥草屋도 바다에 뜬 일개 돛배, 파도가 선체를 세차게 몰아치면 좌우 앞뒤로 요동치며 흔들린다. 좌로 갈까, 우로 갈까, 항진航進의 목표는 이미 벌써 사라지고, 서 있는 좌표는 상기 잃어버렸는데, 선실엔 촛불 하나 희미하게 가물가물 그 밑에서 정성 들여 먹물을 갈고 간다. 새하얀 한지에 숨죽이며 치는 고죽苦竹. 격랑을 헤쳐나갈 해도海圖를 그린다. 아, 그러나 인생은 고해苦海라는데

내 붓은 아무리 애써도 중봉中峰을 세울 수 없다.

❋ 이 작품은 시집 『벼랑의 꿈』(시와시학사, 1999)에 실린 자유시 「고죽도 苦竹圖」를 사설시조로 개작한 것이다.

환상

분수없이 태양 곁에 다가서는 나무야,
잎새들이 화상 입어 시든 것을 보았니?
너 마실 이슬과 수액은 흙 속에만 있단다.

무작정 비상을 꿈꾸는 새들아,
자유가 절망임을 꼭 체험해야겠니?
너 먹을 곡식과 열매는 지상에만 있단다.

나목

꽃도 잎도 꾸밀 것도 이제는 허영이다.
강추위와 대적할 건 오로지 몸짱밖엔
나무도 절명의 순간엔 맨몸으로 응부린다.

중용

당신은 증오로 파랗게 굳어 있다.
그러나 지나치게 얼어서는 안 된다.
제 분에 못 이긴 얼음은 팍 금 가지 않던가.

당신은 지금 환희에 들떠 있다.
그러나 꽃잎처럼 타올라선 안 된다.
불꽃은 재를 남기며 쉬 삭지를 않던가.

예금통장

현금을 찾으려고 은행에 들렀더니
예금한 돈 탕진하고 빈 카드만 남았다
대출금 상환 못 하면 추심한다 호통이다.

태어날 때 부모님이 내게 주신 시간통장時間通帳
허투루 낭비하고 남은 잔고殘高 마이너스
가압류假押留 인생이 될까 저승길이 저어된다.

송죽 松竹

소나무야, 네 푸름을 자랑만 하지 마라.
세상 나무 빛깔들이 어찌 한 색뿐이랴.
산 수풀 이루는 수종樹種만 수천 혹은 수만인걸.

눈밭에 선 네 자태 외롭긴 하다마는
가을날 단풍보다 어찌 더 곱다 하리
한 숲을 이루는 나무들에게 제 홀로란 없느니.

모래

인간이란 한 개 그릇. 그 누구는 권력을,
또 누구는 금전이나 명예를 퍼 담지만
잔치가 절정에 달하는 순간 바싹 깨져버린다.

깨지고 깨져서 바닷가에 흘러들어
비로소 자신만의 자유가 되는 모래.
수평선 먼 해조음海潮音에 귀를 여는 금모래.

♦ 이 작품은 시집 『가장 어두운 날 저녁에』(문학사상사, 1982)에 실린 자
유시 「모순의 흙」을 시조로 개작한 것이다.

흙

누가 시간을 금이라고 말했던가.
시간은 금이 아닌, 따뜻한 흙인 것을
유채꽃 흐드러지게 핀 폐광을 보면 안다.

태어나 살고 난 후 다시 돌아갈 그 흙을
한평생 구둣발로 짓밟는 이 패륜.
짐승이 맨발로 사는 이유를 그로 하여 알겠다.

당신만이

갈바람에 나무 잎새 우수수 낙엽 지듯,
새벽빛에 별들이 시나브로 스러지듯,
삶이란 무엇인가를 잃어가며 이루는 것.

봄 꽃잎 시들려고 벙글지 않았던가.
그 열매 썩으려고 익어가지 않았던가.
그러매 뭐가 더 소중하리. 이 순간 이곳밖엔.

옥고 獄苦

날고 기는 온갖 축생 알몸으로 사는 세상,
인간만이 죄지었나 옷 입혀서 구별했네.
수의囚衣가 따로 없구나 주민등록 수형번호.

시작 詩作

밤이 되면 내 서재는 칠흑 같은 밤바다.
서가에 묶인 책들 부두에 풀어놓고
스탠드 등댓불 삼아 먼 항해를 떠난다.

원고지에 그려 넣는 해도海圖는 꼼꼼해도
무딘 펜 헌 작살로 잡기 힘든 향유고래
오늘도 빈 포경선 한 척을 끌고 밤바다를 헤맨다.

장미

장미의 무기는 가시만이 아니다.
자상 刺傷을 입히기 전 눈부터 멀게 한다.
황홀한 아름다움도 숨겨놓은 독이다.

지심地心의 용암 빨아 불 밝히는 용접봉.
모든 꽃들은 조도 높은 불빛이다.
함부로 꺾으려는 자는 망막 먼저 데인다.

복수*

내 땅에 내 집 지어 기쁘기는 하다마는
때 없이 불안하고 마음 편치 않은 이유,
어느 날 귀뚜라미 울음에 홀로 문득 깨우쳤다.

집터를 다지면서 죽인 미생未生 얼마일까?
목재를 다듬으며 잘린 수목 또 몇 그루?
살생殺生을 저지른 중생에 무슨 축복 있으리.

잡초 뽑은 업보인가 팔이 못내 아프다
진단은 팔 건초염, 몇 달 고생하겠단다.
미생도 복수를 꾀한다는 걸 내 오늘로 알았다.

* 2010년 필자는 경기도 안성에 조그마한 오두막 한 채를 지었다.

역할

인간의 연주만을 음악이라 하지 마라.
하늘에 걸린 악보, 성좌星座의 운행 좇아
지구도 교향악으로 온 우주를 울리느니.

파이프오르간 바람 소리, 트럼펫 천둥소리.
밀물의 미사곡과 썰물의 장송곡.
너, 나도 각기 맡아야 할 한 파트가 있느니.

오세영

전남 영광 출생. 전남의 장성과 광주, 전북의 전주에서 성장. 1965-68년《현대문학》추천으로 등단. 시집으로『바람의 아들들』『별 밭의 파도 소리』등, 학술 서적으로『시론』『한국현대시인연구』등 수십 권이 있음.
poetoh@naver.com

* 이 시집은 대한민국예술원의 2017년도 예술창작활동 지원금을 받아서 제작된 것입니다.

춘설

—

초판 1쇄 2017년 12월 29일
초판 2쇄 2018년 12월 14일
지은이 오세영
펴낸이 김영재
펴낸곳 책만드는집

—

주소 서울 마포구 양화로3길 99 4층 (04022)
전화 3142-1585 · 6
팩스 336-8908
전자우편 chaekjip@naver.com
출판등록 1994년 1월 13일 제10-927호
ⓒ 오세영, 2017

—

—

ISBN 978-89-7944-644-9 (04810)
ISBN 978-89-7944-354-7 (세트)